ÉPITRE

A M. DE LAMARTINE

PAR

EMILE BARRAULT.

PARIS

LEDOYEN, LIBRAIRE-ÉDITEUR,
PALAIS-ROYAL, GALERIE D'ORLÉANS, 31.

1842

ÉPITRE.

IMPRIMERIE DE E. DUVERGER,
RUE DE VERNEUIL, N° 4.

ÉPITRE

A M. DE LAMARTINE

PAR

EMILE BARRAULT.

PARIS

LEDOYEN, LIBRAIRE-ÉDITEUR,

PALAIS-ROYAL, GALERIE D'ORLÉANS, 31.

1842.

La France, Lamartine, et ses gloires passées
Ont instruit votre amour à de graves pensées.
Vous savez de quel signe, entre les peuples-rois,
Dieu ceignit à son front la lumineuse aigrette,
De quel glaive il l'arma pour peser tous les droits,
Combien pour les combats, que son vieux sang regrette.
Il lui fit le bras fort autant que le cœur doux ;
Bras guerrier, cœur apôtre et langue évangélique,

Telle il créa la France en disant : « Sois à tous
Et va ! » Donc, monarchie, empire ou république,
Elle va d'un pied leste au bout de tout chemin,
Dans son sang et son or se sème à pleine main,
S'immole en s'adorant, brouille, unit, brise, fonde,
Ramasse sous sa faux la gerbe à grains épais,
Sous l'aigle au vaste essor couve l'esprit de paix,
Et même en son repos semble toujours féconde
A qui sait, comme vous, son sort mystérieux.

Grâce au ciel, je la vois et l'aime avec vos yeux.
Si ce titre suffit, et c'est mon titre unique,
Permettez qu'en son nom ma voix vous communique,
Devant l'urne en travail qui doit les rajeunir,
Ce que de ses élus attend son avenir.
Des traits, qu'en arc vibrant lance à coup sûr la strophe,
Je n'irriterai point nos destins engourdis ;
Moins terrible est le vers d'un rimeur philosophe ;
Simplement je raisonne et simplement je dis.
J'ai de nos factions (faut-il que je m'en taise ?)
Écouté le langage et vu le triste fruit ;
Je note prudemment leur stérile antithèse,
Et je souhaiterais plus d'effets, moins de bruit…
Est-ce trop ? A deux rois discourant à merveille

Savez-vous ce que dit tragiquement Corneille?
« Paix ! Attila s'ennuie. » Or, le peuple, voilà
Dans la pièce du jour le seigneur Attila.
J'ouvrirai mon avis d'un ton plus débonnaire ;
Mais avec nos partis c'est l'heure d'être franc,
Puisque, si prompte à fuir sur un morne cadran,
L'heure aujourd'hui termine et recommence une ère.

Sous le règne des lys, fière, oriflamme au vent,
Et de la liberté rehaussant la cocarde,
Du peuple de juillet éloquente avant-garde,
Oui, l'Opposition nous guidait en avant.
A l'ardente tribune, en émule immortelle,
La muse répondait plus maligne, et de l'aile
Semait les pleurs, le rire et la guerre en nos cœurs.
Il fallait vaincre... Après, qu'ont-ils fait les vainqueurs ?
Déjà, grâce à leurs mains, d'arènes en arènes
Leur char courait au monde en armes relevé ;
Sitôt que de leurs mains s'échappèrent les rênes,
A leur char triomphal, par d'autres bras sauvé,
Les hommes du progrès s'attelant par derrière
De vains cris à la suite ont empli la carrière,
N'ayant rien à détruire, hélas! et consternés.
Dès lors on les a vus, à l'ornière obstinés,

Vieille anarchie en frac à l'anarchie en vestes
Tenir école ouverte et refuser le flanc,
De leurs prédécesseurs héritiers fort modestes
Se poser en géants et piétiner sans plan.
Que des conservateurs aux penchants rétrogrades
Ils aient parfois serré la peur et les talons,
Et su dire «Arrêtez!» ont-ils su dire «Allons!»
Si ce n'est pour se perdre en folles algarades?
Ridicule attitude, à parler franchement,
Que l'immobilité des gens du mouvement,
Dès qu'on leur interdit la révolte ou la guerre!
N'avez-vous aucun but hors du sentier vulgaire?
Votre orgueil d'un beau nom s'est-il gratifié
Pour vouer au programme une servile haleine,
Sans sonder votre foi dans sa lettre encor pleine,
Sous un prêche éternel texte mortifié?

Non! aux autels mesquins dont leur culte s'entiche
La Révolution n'a légué qu'un fétiche.
De l'énorme tocsin aux bonds retentissants
Ils ont fondu le bronze en clochettes criardes,
Du beffroi redoutable avortons glapissants,
Au menu caquetage, aux langues babillardes,
Dont le bruit aigre-doux, en chaque occasion,

Au pouvoir quel qu'il soit tinte un noir horoscope
Où fièrement se renfle en défis à l'Europe ;
Ils sauvent la patrie avec ce carillon !
Du peuple, direz-vous, la misère les blesse
Et les échauffe? Fi ! dans leurs discours flatteurs
De lion souverain traité par ces rhéteurs,
Le peuple, épouvantail qu'ils promènent en laisse,
Dont ils ont peur tout bas, mais qui sert leur faiblesse,
A propos à leur voix hérisse son poil roux,
Rugit honnêtement, grimace le courroux ;
C'est ainsi que du peuple ils patronent l'engeance !
Touchante sympathie et rare intelligence !
En un mot, qu'ont-ils fait, produit, enfanté? Rien.
Eunuques solennels sous la toge des Gracques,
Ne voulant point abattre et prodigues d'attaques,
D'un œil incorruptible en mal voyant le bien,
Fatiguant le principe, enrouant leur organe,
Et transformant la Chambre en antre de chicane,
L'ardeur du mouvement en ardeur de procès ;
Voilà douze ans d'efforts et douze ans de succès !
Ah ! si de leurs exploits poétique compagne
La chanson déserta le camp des libéraux,
C'est que les avocats succédaient aux héros :
Se fût-elle inspirée en cette autre campagne?

Odillon pérorait et Béranger s'est tu.
Enfin leur impuissance est-elle assez notoire ?
Thiers ouvrit sa poche et termina l'histoire
Par ce retour sincère à leur mâle vertu.

Qu'on ne m'accuse point d'une satire inique ;
Je suis cru, mais sans fiel, cru comme un jugement
Et non comme un pamphlet. Sans fiel, toujours crument,
C'est aux Conservateurs qu'ira droit ma critique.

La guerre et l'anarchie ont devant eux plié,
Lamartine, et leurs rangs comptèrent dans la lice
Votre corps tout entier, votre esprit à moitié.
Pourrais-je toutefois épargner leur milice?
De leurs sages labeurs, de leur astre prudent
J'honore sans détour le propice ascendant.
Oui, comme eux je bénis la liberté pudique
Qui d'un trouble orageux défend son pavillon,
Se sèvre d'un sang pur, et ferme le sillon
Où la France jeta ruine sur relique.
Chaque temps a sa tâche, ils l'ont du moins compris.
Mais à tout changement ils rêvent de débris.
Le mur croulant exige un respect idolâtre ;
Ils ont mis en décret l'éternité du plâtre.

Vétérans de la peur, ils signalent d'abord
L'abîme au bout d'un pas, l'écueil au fond du port,
La tempête en fureur dans la nue innocente,
Et tout cap est en deuil de l'espérance absente.
Attachée au présent, les pieds cloués au sol,
Parmi les fruits du jour leur victoire accroupie
Condamne l'avenir sous le nom d'utopie,
Tremble du lendemain, tremble et redit : *Sta, sol*.
Résister, c'est pour eux la formule où tout rentre,
Et la circonférence est une erreur du centre...
Résister, réprimer, comprimer, est-ce assez ?
Du mouvement heureux qui ranime la vie
Si le secret vous fuit ou s'il vous terrifie,
Du mal des libéraux êtes-vous moins blessés ?
Roidissez-vous, messieurs ; mais, malgré votre emphase,
La Révolution, vous l'avez sur les bras.
Pour vous en délivrer on sait vos embarras.
Votre force y réside et son poids vous écrase.
Son nom fait votre titre, et quand vous le citez,
De votre propre voix l'écho vous épouvante
Dans ce nom, comme un cri, poussé par vos cités !
Tour à tour déclarez qu'elle est morte ou vivante ;
Elle vit, et vivra, parce qu'un peuple entier,
Avec vous échappé de ses larges entrailles,

A côté de vos droits se prétend héritier ;

Et, la tête en vos bras, lui soufflant ses batailles,

La vieille pour mourir attend qu'on ait réglé.

Calculez sur son âge et le temps écoulé,

Elle vivra cent ans, s'il le faut, sans démordre !

Réglez donc, c'est le mieux. Non ! Soit peur du désordre,

Soit stupide ignorance ou zèle pour vos parts,

Vous osez interdire une mère sacrée,

Et, sous le faux-semblant de voiler ses écarts,

Renier sa grande âme et son esprit qui crée !

« Tout est bien ! Conservons le monde tel qu'il est.

« Faut-il que chaque jour le monde meure et naisse ?

« Mettons fin au chaos ; notre sabbat nous plaît.

« Quoi ! tu n'es pas content, peuple brutal et laid ?

« Garde à jamais ton lot, et nous nos droits d'aînesse,

« Nous sauveurs de l'État, nous qui disons bien haut :

« Notre pouvoir est fort et s'appelle *Veto !* »

La police à sa base et l'intrigue à sa cime,

Voilà ce fort pouvoir réduit à sa maxime,

Et si le mouvement aboutit au gâchis,

Son ordre est l'ordre mort de sépulcres blanchis.

Tels sont nos deux partis, et leur œuvre commune,

(Contemplez ce régime issu de leur rancune !)

C'est le juste-milieu, froid, pâle, improductif,
De leurs efforts rivaux triomphe négatif.
Sainte émulation de répressions mornes !
Pour ce grand résultat uniquement tendus,
C'est à se limiter qu'ils sont tous assidus ;
La Chambre, Lamartine, est un concours de bornes.

Le moyen de marcher ! Tout espoir serait vain,
Et dans cet équilibre on périrait enfin
Si de chaque parti l'essence réfractaire
Préférait le divorce à tout nœud adultère.
Mais des bancs opposés, des drapeaux différents
Ne vit-on pas céder les couleurs et la marque,
Lorsque la Chambre en feu, confondant tous ses rangs,
Saint-Merry des bourgeois envieux du monarque,
Harcela dans Molé, transparent et hué,
Un roi trop convaincu de gouverner sans maîtres,
Et, pour l'affreux forfait d'Ancône évacué,
Fit choir un ministère en spoliant les traîtres ?
Jours qui d'un pacte étrange avaient associé
Dans le compte-rendu Barrot pétrifié,
Et Thiers, du château repoussant la tutelle,
Pour un pouvoir royal se réputant majeur,
Et, l'eût-on cru ? Guizot, tribun de sa querelle,

Du rapt de l'amnistie échevelé vengeur,
L'un sur l'autre grimpant à l'auguste escalade,
Trois rivaux conjurés en un seul Encélade !
Dès lors, plus amollis, les partis moins entiers
Aux accommodements se prêtent volontiers.
De ce juste-milieu l'allure est moins inerte,
Et sous des chefs, du doigt montrant la route ouverte,
Aux oscillations succéderait l'élan !
Pour révéler le but et pour tracer un plan,
N'est-il aucun élu qui s'avance hors ligne,
Du nom d'homme d'état par tous reconnu digne ?
Comptons bien. Périer mort, le Parlement, je crois,
N'en indiqua que deux ; j'en cite aujourd'hui trois.
De l'espoir en leurs traits cherchons le noble signe.

Ne soyons point ingrat aux services d'hier,
Et saluons Guizot, les mains sur la poitrine.
Ce qu'il fut, on le sait ; mais qu'il en soit moins fier,
Ce qu'il sera demain se lit dans sa doctrine.
Sublime invention ! De la base au sommet
Jadis, en un seul mot, Syeys la résumait.
Que, du ton prédicant de la chaire chrétienne,
Guizot du tiers-état se proclame l'appui,
Joad audacieux de la classe moyenne,

Il censure de haut tout appétit qui rue,

La passion mauvaise est celle de la rue,

Dans l'égoïsme en corps gît la suprême loi !

Il n'en sait pas plus long. Chacun a son emploi.

Sous son front bat un cœur pauvre en sang écarlate,

Mais que la bile à flots teint, abreuve et nourrit,

Cœur vital pour éteindre, et funeste à l'esprit

Qu'en de larges pensers jamais il ne dilate!

Dans nos instincts français il n'est point de moitié.

Sectaire de Genève et disciple de Londre,

C'est en aimant fort mal qu'il a bien châtié,

Et pour lui gouverner c'est punir ou confondre.

Soit! des répressions nécessaire instrument,

Il fit bien sa besogne , et qui le nierait ment;

De son mérite enfin que le ciel nous délivre !

Des sottises d'autrui réparateur fatal ,

Nous faudra-t-il toujours subir son piédestal ?

Cependant son orgueil qui soi-même s'enivre

Boit, en se rengorgeant , l'impopularité.

La France ne vaut pas une majorité!

Ah ! pour la contenir en un centre immobile,

Pédagogue éloquent et courtisan habile ,

Comme il sait tour à tour l'aduler, l'effrayer !

Ministre sans génie, il entend le métier.

Serviteur avisé d'un pouvoir qui vivote,

Nul n'a mieux le secret de marchander un vote,

Et, pour apprivoiser ses menus souverains,

A la corruption, sous une robe austère,

Il contraint sa pudeur et fait ployer ses reins ;

Il aurait sur ce point inventé l'Angleterre !

Son émule à ce jeu l'égale de tous crins.

Dès longtemps à la Chambre inévitable couple,

On les a vus tous deux, l'un roide, l'autre souple,

De la majorité, ce prix de leurs combats,

En généraux experts se ravir la fortune,

D'un honneur partagé fuir la gloire importune,

Attaquer l'un chez l'autre un pouvoir qu'ils n'ont pas,

Ou s'unir pour venger leur défaite commune,

Terribles divisés, plus terribles ligués !

Ce que nous y gagnons, hélas ! est assez mince ;

Escrimez-vous, messieurs, ce sont là jeux de prince ;

C'est à nous d'applaudir à vos coups distingués.

Chacun aime Thiers, l'excuse ou le tolère.

Fils de la liberté, c'est un soldat heureux.

Langue preste, esprit vif en saillie et sans creux,

Se faisant tout à tous, sans fiel en sa colère,

Point pédant, un peu fat, naïvement vantard ;

La France en vérité l'aime comme un bâtard.

C'est lui qui de sa gloire, ou militaire ou libre,

Sait agacer son cœur et chatouiller sa fibre.

C'est peu qu'à la décrire il use son burin,

En drame il la traduit pour la fête prochaine ;

Tantôt à la Bastille il dresse, en fût d'airain,

L'arbre en juillet planté, l'arbre en juillet fait chêne ;

Sous un arc triomphal par ses mains restauré,

Tantôt de Sainte-Hélène exhumant la dépouille

Qu'un saule humble et des fers couvraient d'ombre et de rouille,

Il ramène à Paris l'Empereur délivré.

A ces rares splendeurs que son art préconise

Qu'il prenne une auréole, il suffit ; plus tranchant,

Des gloires qu'il raconte il s'adjuge le champ ;

En croupe du grand homme il *Napoléonise*,

A la carte du monde il trouve à retailler,

Sur son poing perche l'aigle en oiseau familier,

Et voilà que ses plans font fumer la carrière !

Chez de puissants esprits n'admirez-vous donc pas

Cet œil rétrospectif et ce rêve en arrière,

Qui, sur un sol poudreux, ramène pas à pas

Guizot à l'Angleterre et Thiers à l'Empire ?
Dans le ministre encor l'historien transpire !
D'un passé qui n'est plus tous deux contemporains,
L'un chausse le cothurne et l'autre la pantoufle ;
De la paix, de la guerre humiliants parrains,
Guizot nous aplatit et Thiers nous boursoufle.
Qu'il soit né gouvernant, cependant il le dit,
Et sa parole en France a trouvé du crédit.
Mais lorsqu'à le claquer il faut qu'il nous contraigne,
Le maroquin au bras, le ministre est à bout ;
Redevient-il tribun, il gouverne après coup,
Grand héros de l'entr'acte et roi de l'interrègne !

Au métier des combats formé par ses écrits,
Sera-t-il satisfait qu'au champ parlementaire
Sa tactique s'exerce et lui rende à tout prix,
En laurier d'Austerlitz, la clef d'un ministère ?
Que ferait il alors ? lui-même qu'en sait-il ?
Ne désespérons pas de cet esprit subtil
Qu'un long calcul déroute et qu'un flair met en voie.
A la répression par humeur étranger,
Du peuple dont il sort et qui vers nous l'envoie
Comprendra-t-il les vœux, voudra-t-il s'y ranger,
Jaloux d'enraciner dans la masse profonde,

Sol vierge et primitif, sa popularité
Qui rampe à fleur de terre et se fane inféconde ?
Des naïfs libéraux chef expérimenté,
Afin que vers un but leur troupe soit guidée,
Sous le front de Barrot mettra-t-il une idée ?
Ou, de retour enfin au bercail déserté,
Doit-il, plein de l'esprit qui prudemment innove,
A l'instinct qui conserve unissant l'art qui sauve,
Faire pâlir Guizot sous son astre au midi ?
Qui prédirait Thiers serait par trop hardi...

Sur trois en voilà deux, les deux pendants vulgaires.
Le monde à leur talent s'est-il rapetissé,
Ou dans un cercle étroit leur talent rabaissé ?
Je ne décide rien et je poursuis.

Naguères

Aux portes du foyer de nos débats communs,
Un noble pèlerin déposa la sandale,
Le bâton, une lyre, et, sous l'œil des tribuns,
La gloire du poëte entra comme un scandale.
« Quel caprice, disait leur troupe en souriant,
« Dans ce séjour de prose et de grave harmonie,

« Du cygne aux chants divins égare le génie ?

« Parfumé de nos fleurs, qu'il vole à l'Orient !

« Au lieu de bégayer une langue inconnue,

« Qu'il soupire ses vers en planant dans la nue !

« Si de notre éloquence il osait, l'insensé,

« Imiter les accents, sur sa lyre muette

« S'effeuilleraient les feux de son front éclipsé ;

« Dans l'orateur mort-né s'éteindrait le poëte! »

Ce présage fatal vous l'avez effacé,

Lamartine, et bientôt votre muse écolière,

Du savant idiome aux souples ailes d'or

Oubliant à propos la cadence et l'essor,

Parla divinement la langue familière,

La parla sans contrainte, et soit qu'en fleuve pur

Lentement du discours se déroule la nappe

Transparente, où se peint toute chose qui frappe,

Où luit à chaque flot un éclair dans l'azur,

Soit que, s'armant soudain de rayons et de flammes,

Votre parole monte, éblouisse, et des yeux

Pénètre au fond des cœurs pour rejaillir en lames

Que suit dans leurs replis un souffle harmonieux,

Echo d'un luth qui dort et frissonne à la brise,

Sans retard, aux bravos de la Chambre surprise,
Des Cicerons du jour le suffrage flatteur
Dans le barde au Forum salua l'orateur.

C'était déjà beaucoup ; l'inflexible critique
Dans l'orateur encor niait le politique.
Rêveur sublime, aveugle au jour de la raison,
D'un prisme aux vingt miroirs pourvu sous vos paupières,
Vous deviez, au jour faux de ces vagues lumières,
Vous repaître à plaisir d'un magique horizon,
Fuir de nos intérêts la science et les fanges
Que ne célèbre point la harpe des Archanges ;
Repousser les détails de cet immonde enfer,
Voter pour les ballons au lieu des rails en fer,
Et, des sucres rivaux trompant la jalousie,
Noyer la question en des flots d'ambroisie.
Vous avez laissé dire et vous avez marché,
Et sans rien dédaigner du monde sublunaire,
Des deux yeux, des deux mains d'un mortel ordinaire,
Oui, le rêveur a vu, le rêveur a touché,
Du préjugé vulgaire ou de la creuse image
La raison du poëte a percé le nuage,
Mis le vrai dans son jour, et ce n'est point péché
Si d'un regard plus haut, si d'une main plus large

De l'horizon étroit vous déroulez la marge,
Ou plongez jusqu'au bas du gouffre, si votre œil
Signale de plus loin un infaillible écueil !
Et qui ne se souvient de l'heure solennelle
Où, de la paix du monde ardente sentinelle,
Vous avez d'une guerre, aux fabuleux hasards,
Arraché le vieux masque à la France trompée,
Et, dans son bivouac cernant le Premier-Mars,
A d'hésitantes mains fait rengaîner l'épée ?
Ainsi de jour en jour, malgré de vains affronts,
Vous avez contre tous gagné vos éperons,
Et près de chefs fameux planté votre bannière !

Enfin, et ce sera ma louange dernière,
Chez vous seul sans effort a su toujours s'unir
Au respect du présent le sens de l'avenir.
L'école impériale et l'école anglicane
D'oracles surannés ressuscitent l'arcane ;
Pour vous, de tous les faits déroulant les chaînons,
Attentif aux voix même errant sans tabernacle,
Du salut de nos temps vous découvrez l'oracle
Dans la loi de progrès qui se meut sous nos noms.
A chacun de nos pas liant la Providence,
Vous restituez l'homme au sein de Jehovah

Qui fait tourner les cieux et lui fait sa tendance ;
Vous savez d'où l'on vient, vous savez où l'on va !
Aux deux instincts dont l'un dit *marche* et l'autre *halte*,
A l'ordre emprisonné dans un cercle d'airain,
Au brusque mouvement que le délire exalte,
Vous voulez imposer l'aiguillon et le frein,
Sur un rhythme commun, saint mode, accord suprème,
De leurs efforts jaloux régler le mode extrême,
Et de l'homme, à cette heure, instruisant les instincts,
Le soumettre à la loi qui commande aux Destins !

Oui, cherchons l'avenir ! Pour transformer le monde
L'idée a tout pouvoir, la parole est féconde !
Tel fut des grands esprits nés en Quatre-vingt-neuf
Le rêve, interrompu par un sort inflexible ;
Le sort a fait son œuvre, et le rêve est possible
Pour des esprits pareils éclos dans le même œuf.
Sous vos traits plus mûris leur image est sensible.
Allons ! et que d'un cours paisible et régulier,
Au fil longtemps brisé se renouant encore,
La Révolution tende à se déployer !
Redutons l'avenir de sa sublime aurore !
De nos jours de foi tiède et de lâches oublis,
Jours de lumière et d'ombre également remplis,

A ces jours radieux de foi grande et naïve,

Où les vœux pour le bien, purs de l'amour du mal,

S'enchaînaient l'un à l'autre en un espoir normal,

Où les cœurs dévoués tressaillaient d'ardeur vive,

Votre esprit jette un pont ; et, pardessus ces temps

Où roulent, avilis dans la fange et la poudre,

Tant de débris épars et de lambeaux flottants,

Où retentit la guerre en longs éclats de foudre,

Où la liberté passe aux bras de cent tyrans,

Où du peuple éperdu le sang fuit par torrents,

Où le monde, saisi comme une aveugle proie,

Etreint en palpitant la gloire qui le broie,

Se joue à la tempête et règne avec l'éclair,

Temps passés sans retour ! oui, du sommet de l'arche

Sous laquelle en grondant écume cette mer,

Fumant à chaque bruit d'un vertige dans l'air,

Vous partez, en donnant le signal de la marche,

Loin de tous les débris dont le sol est semé,

Non plus par un chemin hardiment imprimé

Au front de toute chose, au fond de tout abîme,

Mais par un progrès sûr qu'un art prudent anime,

Qui s'ajuste à l'obstacle, et le sait convertir

En serviteur utile et non en sot martyr ;

C'est sous un ciel serein, sous des clartés prospères,

Que vous sommez les fils de redoubler leurs pères !
Le sol est nivelé pour de vastes travaux.
Tout est prêt, et déjà de l'édifice immense,
Que par nos bras unis Dieu lui-même commence,
Surgissent sous nos pieds les fondements nouveaux.
Espère, ô peuple, et crois à des jours de clémence !
De l'heureux avenir à nos efforts promis
Qui donc pourrait t'exclure en s'y disant admis?
L'espérance en commun nous tient sa palme offerte,
Peuple, et nul n'oserait d'Adam faire deux parts
Dont l'une dans l'Eden entrerait porte ouverte,
Dont l'autre s'y heurtât à d'éternels remparts !

Devez-vous, de plus près maniant nos affaires,
A l'essai, Lamartine, un jour mettre vos plans,
Ou sur notre âge terne, aux vouloirs nonchalants,
Passer en pur symbole et négliger nos sphères?
Servant votre pays d'un patient amour,
Aux stériles honneurs que votre gloire amorce
Refusant noblement d'amuser votre force,
Calme, vous attendez les feux d'un plus beau jour,
En ouvrier marqué pour la moisson plus mûre ;
Dans votre ambition, haute comme une foi,

Conspire avec le temps un lent respect de soi,
Indépendant sans faste, oublié sans murmure.

Puisse des électeurs le conclave inspiré
Du pays en son choix renvoyer la victoire !
C'est son choix qui gouverne, et sa main, à son gré,
Grave en chaque scrutin un trait de notre histoire.
Aux besoins de nos jours mesurons nos élus.
Dès longtemps on s'est dit : Ferons-nous quelque chose ?
Vaine démangeaison ! car nul ne sait ou n'ose.
Essayons cependant ; peu d'abord, demain plus.
A nos douze ans comptés j'épargne l'anathème.
On fit moins qu'on ne dut, moins qu'on ne pouvait même ;
Mais la France a peut-être, hélas ! au prix du sang,
Etouffé des complots le cycle renaissant,
Confondu du passé, trop lent à disparaître,
Les spectres importuns de pourpre revêtus,
Vaincu de l'avenir les monstrueux fœtus,
Fils du chaos informe où bout un monde à naître,
Et sur leur lit immonde et parmi des tombeaux
De son sceptre équitable atteignant rois et plèbe,
Elle a du même coup fait rentrer au repos
Les ombres dans leur ciel, les monstres sous leur glèbe !

Pour les créations qu'inspire un art divin

Le sol est donc purgé ; le serait-il en vain ?

C'est peu ; des potentats, dont un saint trône en poudre

Epouvantait la ligue hésitant à l'absoudre,

Sa révolution conjura la terreur ;

Du vieux nom de Bourbon couvrant sa jeune erreur,

Juillet entra chez eux sans avoir dû combattre ;

L'Europe valait bien la messe d'Henri–Quatre…

Dès lors mettant la guerre et sa gloire au rabais,

De la trève de Dieu la gardienne et l'esclave,

Du pommeau d'une épée, autrefois la plus brave,

Dans le code du monde elle inscrivit la paix.

Le vieux lion pourtant n'est pas mûr pour l'outrage !

Si naguère on a vu d'un quadruple courage

Sa modération tenter l'affront voilé,

Dès qu'il battit la queue en lion muselé,

Tous quatre on put les voir gourmander l'humeur prompte

Dont ils portent la marque, et s'entre-regardant

Jusqu'à ce qu'il baissât son œil fauve, et, grondant,

De l'affront sur leur tête eût secoué la honte,

Et noté sur l'honneur d'un fidèle allié

Un coup de pied d'ami qui reste un coup de pied.

La France, en ce cas même, a tâté leur audace

Que du champ-clos fatal rebutent les abords ;
Si bien qu'après l'épreuve elle a mieux pris sa place,
Et, tranquille au dedans, pèse plus au dehors.
J'accepte ces labeurs, volontiers je l'avoue ;
Mais à ce dernier tour attachons-nous la roue ?
Mettant d'accord sa tête et ses bras et son cœur,
La France, en retrempant sa divine énergie,
Ne peut-elle sortir, par un élan vainqueur,
De ses convulsions et de sa léthargie ?
L'Europe, qui, de loin, nous nomme en ses brocards
Un peuple de brouillons mené par des couards,
Ne verra-t-elle point sans combats, murs, ni porte,
Plus qu'aux jours triomphants la France fière et forte,
Et du pâle horizon remontant au zénith
Notre étoile, non plus en sanglant météore,
Pareille à l'astre pur que la terre bénit
Au-devant du soleil qui déjà la redore ?
Pour empêcher le mal c'est beaucoup que d'agir ;
Mais produire le bien est plus grand ; voici l'heure !
De toute impatience écartons le vain leurre.
Modérons nos souhaits, et prisons, sans rougir,
Ce qu'il fallut user, pour en être où nous sommes,
De temps, de mots, d'adresse et de forts relais d'hommes.

Rien ne va promptement et tout trajet est long.

Au sortir du cerveau notre espoir a des ailes;

Veut-on le faire entrer dans les choses réelles,

L'aile tombe, et l'espoir marche d'un pied de plomb.

Cheminons à sa suite et que le départ sonne!

On n'arrive jamais si l'on ne part d'abord ;

Que chacun s'en souvienne et marche sans remord.

Quand Dieu sauve la France, il n'en coûte à personne !

BIBLIOTHEQUE ROIALE
I

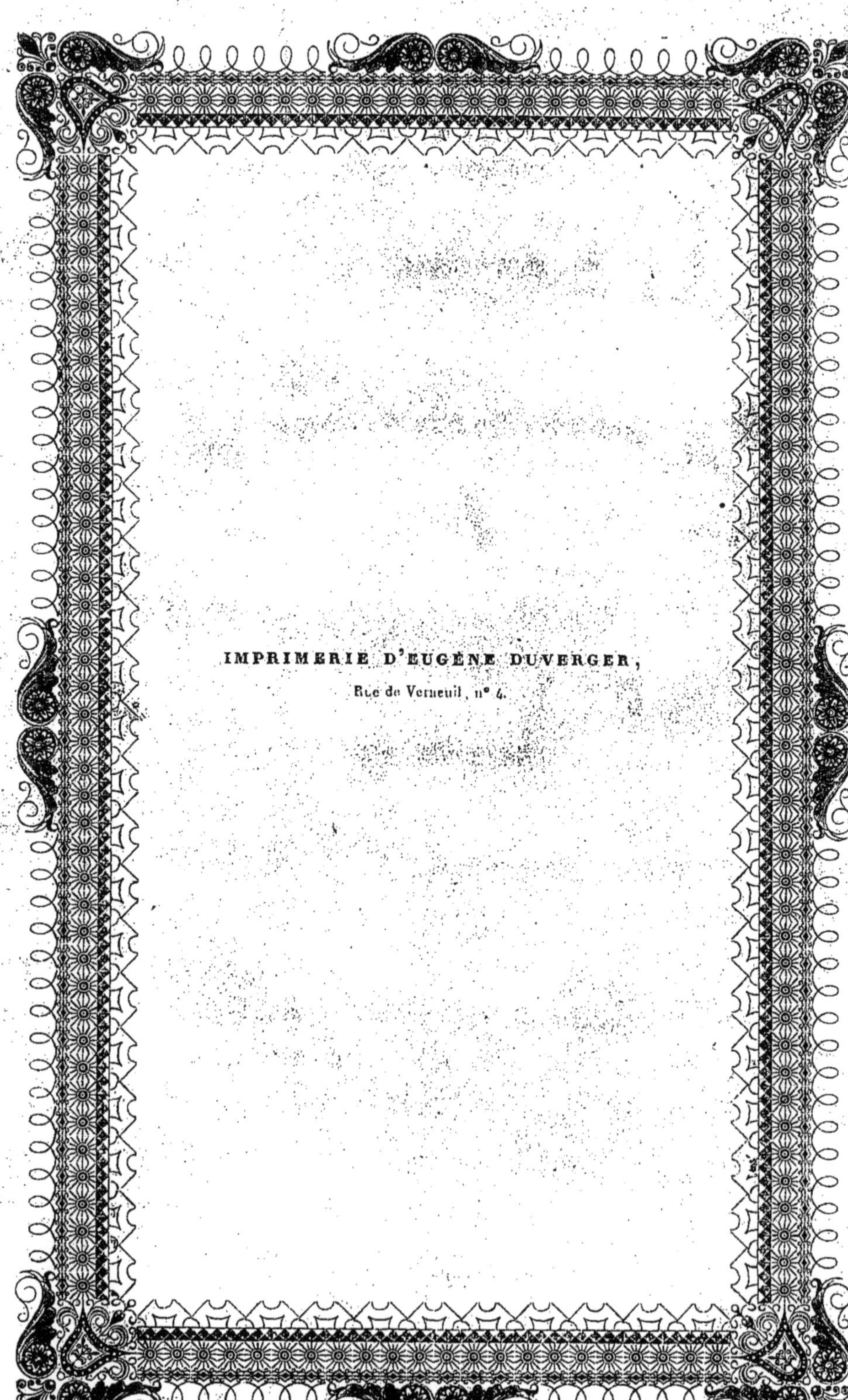
IMPRIMERIE D'EUGÈNE DUVERGER,
Rue de Verneuil, n° 4.